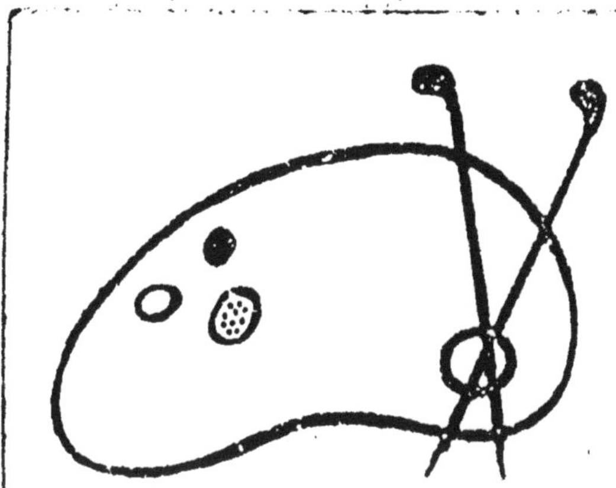

Début d'une série de documents
en couleur

De la part de l'Auteur

LE

# JUIF ERRANT

PAR

GASTON PARIS



Extrait de l'*Encyclopédie des Sciences Religieuses*

PARIS
LIBRAIRIE SANDOZ ET FISCHBACHER
G. FISCHBACHER, ÉDITEUR
33, RUE DE SEINE, 33

1880

Imprimerie D. BARDIN, à Saint-Germain.

Fin d'une série de documents
en couleur

# LE JUIF ERRANT

IMPRIMERIE D. BARDIN, A SAINT-GERMAIN.

LE

# JUIF ERRANT

PAR

GASTON PARIS

Extrait de l'*Encyclopédie des Sciences Religieuses*

PARIS
LIBRAIRIE SANDOZ ET FISCHBACHER
G. FISCHBACHER, ÉDITEUR
33, RUE DE SEINE, 33

1880

# LE JUIF ERRANT

On croit généralement que la légende du Juif errant a été répandue en Europe pendant tout le moyen âge, et c'est à cause de l'antiquité qu'on lui attribue qu'on est porté à lui chercher un sens mystique et profond. Il n'en est rien toutefois : on ne trouve aucune trace du Juif éternel ni dans le vaste amas des apocryphes grecs et slaves, ni dans les traditions du christianisme oriental, ni dans les légendes pourtant si abondantes du moyen âge latin. La popularité du Juif errant est restreinte à quelques contrées du nord-ouest de l'Europe, l'Allemagne, la Scandinavie, les Pays-Bas et la France (Grässe, p. 94, cite une légende espagnole, mais nous n'avons pu la vérifier; le livre espagnol de Ducos, *Historia del Judio errante*, mentionné dans la *Bibliographie biographique* d'Œttinger, n'est sans doute qu'une traduction du livret populaire français); elle y est de date récente, et elle s'y est propagée, non par la tradition orale, mais par une voie toute littéraire. — Avant de rechercher le point de départ de cette littérature, nous dirons quelques mots de légendes plus anciennes, qui ont avec celle qui nous occupe un rapport certain ou probable, ou qui du moins nous présentent une idée analogue. Le premier Juif errant, comme on l'a fort bien remarqué (Schœbel, p. 44), c'est Caïn. Il se met en route après son crime, « vagabond et fugitif sur la terre, » et il porte sur le front un signe qui le préserve au moins de la mort violente, s'il ne le soustrait pas à la mort naturelle. — Une légende arabe, qui probablement, comme tant d'autres recueillies dans le Coran, a sa source dans les récits populaires des Juifs d'Arabie, nous montre un autre voyageur sans trêve, plus rapproché de notre héros : Samiri, celui qui avait fabriqué le veau d'or, fut maudit par Moïse; il s'éloigna aussitôt des tentes d'Israël. « Depuis ce temps il erre, comme une bête sauvage, d'un bout du monde à l'autre. Chacun le fuit et purifie le sol que ses pieds ont foulé, et lui-même, dès qu'il approche d'un homme, il crie sans relâche : « Ne me touchez pas ! » S'il avertit ainsi ses semblables de s'éloigner de lui, c'est, d'après des légendes postérieures, que son contact donne la fièvre (voyez *Coran*, sur. XX, v. 89 ss.; Græsse, p. 94; Schœbel, p. 57). Son mouvement perpétuel lui a fait donner le nom de *al Kharaïti*, « le Tourneur. » Les marins arabes ont transformé cette légende : ils font du « vieux Juif » un monstre marin à face humaine, à barbe blanche, qui apparaît parfois, au crépuscule, à la surface des flots (Græsse, p. 94).

Il n'y a aucun lien direct, bien qu'il y ait peut-être plus qu'une ressemblance fortuite, entre ces vieux récits et les légendes qui se groupèrent autour du souvenir de la passion de Jésus. L'imagination populaire, comme on sait, ne se contenta pas de ce que rapportent les évangiles. Elle développa longuement l'histoire antérieure ou subséquente de plusieurs des personnages qui apparaissent dans ce drame, de Judas par exemple, de Pilate, des deux larrons, de Joseph d'Arimathie ; elle créa les merveilleux épisodes de Bérénice (Véronique), qui recueillit sur un linge l'empreinte de la face divine ; de Longin, l'aveugle-né, qui, ayant percé de sa lance le flanc du Sauveur, recouvra la vue en se frottant les yeux avec le sang qui coula, etc. Tous les traits indiqués dans le récit évangélique devinrent le point de départ d'amplifications plus ou moins poétiques. Il en était un qui devait particulièrement frapper l'imagination, c'est celui des soufflets donnés au Christ. On rapporta à un seul homme, et à celui qui aurait dû en avoir le plus d'horreur, le crime odieux d'avoir frappé cette face auguste, on l'aggrava encore, et on inventa pour le coupable une expiation égale à son forfait. Une légende italienne, que nous sommes porté à croire fort antique, raconte qu'un Juif, appelé Malc, donna à Jésus un soufflet avec un gant de fer ; en punition, il est condamné à vivre sous terre, tournant toujours autour d'une colonne (sans doute la colonne où Jésus fut attaché) ; à force de tourner, il a creusé profondément la terre sous ses pas. Il se frappe avec désespoir la tête contre cette colonne, mais il ne peut se donner la mort, car sa sentence est de souffrir ainsi jusqu'au jugement dernier. Le nom originaire de ce personnage est Malc et non Marc (bien que cette dernière forme soit la plus répandue), et c'est bien e même Malc auquel saint Pierre coupa l'oreille et que Jésus guérit. Dans tous les mystères du moyen âge, on le représente comme ayant pris part aux tortures de Jésus, malgré le bienfait qu'il en avait reçu. Un curieux passage d'une chanson de geste nous a seul conservé une légende fort semblable où Marcus, qui n'est plus le soldat blessé par Pierre, mais le lépreux guéri par le Seigneur, frappe le Christ, et est l'objet d'une malédiction particulière, à l'aide de laquelle on expliquait bizarrement l'incurabilité de la lèpre :

Dius, tu garis Marcus, ki tous fu enleprés :
Mesiaus fu de viaire et de bouche et de nés,
Li premiers hons en terre ki en fu encombrés.
Ice fu li premiers, dire l'oï letrés,
Ki te mist a l'estache quant tu i fus menés,
Et tu le maudesis, meïsmes Damedés,
Ke jamais pour s'amour ne fust lepreus sanés,
Ne sera il pour voir, ja Dius n'en ert faussés.

(*Fierabras*, v. 1186 ss.

Répandue à Venise, à Naples, en Sicile, la légende de Malc a donné lieu à des expressions proverbiales qui en attestent la popularité : on dit en Sicile, d'une personne laide et mal plaisante : *Havi 'na faccia di lu judeu Marcu* (voyez Pitré, *Fiabe, Novelle e Racconti popolari siciliani*, III, 46 ; IV, 397). *Lu judeu Marcu* est devenu, par une sorte d'assimilation à Judas, *lu Juda-Marcu* dans des chants populaires siciliens (Pitré, *Canti popolari siciliani*, II, 368). Il nous paraît probable que c'est cette même légende (où s'est introduit à tort le nom de Joseph, emprunté au conte postérieur dont nous allons parler) qui se trouve dans un récit populaire recueilli au dix-septième siècle par un auteur allemand, mais d'après les dires de Vénitiens, et où on voit Joseph à Jérusalem, dans une crypte, n'ayant d'autre occupation que de frapper de sa main contre le mur et quelquefois contre sa poitrine (Droscher, *De duob. testib.*, § 4 ; Magnin, *Causeries et Méditations*, t. I, p. 104).

C'est encore, si nous ne nous trompons, la même légende qui se retrouve au fond du curieux récit où, pour la première fois avec une date certaine et des traits précis, apparaît sinon le Juif errant, au moins un témoin immortel de la passion. Le célèbre moine de Saint-Alban, Matthieu Paris, raconte qu'en l'année 1228 un archevêque d'Arménie vint en Angleterre, et que, entre autres merveilles qu'il raconta de son pays, il parla « de ce Joseph, dont le nom revient souvent dans l'entretien des hommes, qui fut présent à la passion du Seigneur, lui parla, et vit encore, en témoignage de la vérité de notre foi. » L'archevêque assura qu'il connaissait ce Joseph, lequel avait mangé à sa table peu de temps avant son départ, et il raconta son histoire. « Au temps du jugement du Christ, cet homme, appelé alors Cartaphilus, était portier du prétoire de Ponce Pilate. Quand Jésus, condamné et entraîné par les Juifs, franchit la porte du prétoire, Cartaphilus le frappa du poing dans le dos avec mépris, et il lui dit en ricanant : Va donc, Jésus, va plus vite ; pourquoi es-tu si lent ? Et Jésus le regardant d'un front et d'un œil sévère lui dit : Je vais, et toi, tu attendras que je vienne. C'est comme s'il avait dit, dans les termes de l'évangéliste : Le Fils de l'homme s'en va, comme il est écrit ; mais toi, tu attendras son second avènement. Donc, d'après la parole du Christ, ce Cartaphilus attend. Il avait environ trente ans, au temps de la passion du Seigneur ; chaque fois qu'il arrive à cent années révolues, il est pris d'une maladie qui semble incurable, il tombe dans une sorte d'extase, après quoi il guérit et il revient à cet âge qu'il avait l'an où le Seigneur fut mis à mort... Il a été baptisé par Ananias, le même qui baptisa Paul, et il a reçu le nom de Joseph... Il habite d'ordinaire les deux Arménies et d'autres pays de l'Orient ; il vit au milieu des évêques et des prélats. C'est un homme religieux, de vie sainte ; ses paroles sont rares et circonspectes ; il ne parle que quand des évêques et des personnes religieuses le lui demandent. Il raconte alors des faits de l'antiquité et des circonstances de la passion... et cela sans risée et sans paroles frivoles, car il est d'ordinaire dans les larmes... On vient le trouver de pays lointains pour jouir de sa vue et de son entretien ; s'il a affaire à des hommes respectables, il répond à toutes les questions qu'on lui pose. Il refuse d'ailleurs tous les présents qui lui sont offerts, content d'un vêtement et d'une nourriture simple. Il met toute son espérance dans ce fait qu'il a péché par ignorance. » Quelques années plus tard, le frère de l'archevêque vint à son tour en Angleterre, et les moines qui l'accompagnaient « assurèrent aussi qu'ils savaient d'une façon indubitable que ce Joseph, qui a vu le Christ prêt à mourir et qui attend son retour, vit encore à sa manière habituelle. » L'archevêque arménien alla aussi à Cologne. En allant ou en revenant, il s'arrêta, pendant le carême, chez l'évêque de Tournai, et là il raconta de nouveau son historiette, dont nous trouvons une variante dans la *Chronique* en vers de Philippe Mousket, qui écrivait à Tournai vers 1243. Le récit de Mousket est donc indépendant de celui de Matthieu Paris, bien qu'il remonte à la même source. « L'archevêque, dit-il, raconta qu'il avait vu un homme qui assistait au crucifiement de Dieu. Quand les perfides Juifs emmenèrent Dieu à la mort, cet homme leur dit : Attendez-moi, j'y vais aussi, voir mettre en croix le faux prophète. Le vrai Dieu se retourna, et le regardant, lui dit : Ils ne t'attendront pas, mais toi tu m'attendras. Et en effet il attend encore ; il n'est pas mort depuis le temps. Tous les cent ans on le voit rajeunir. On raconte qu'il fut baptisé par Ananias : ainsi il pourra amender ses torts. Il ne mourra pas jusqu'au jour du jugement. » Ces deux textes (qu'on peut lire l'un et l'autre dans Græsse, p. 122 ss.) donnent lieu à plusieurs observations. Ils ont cela de commun que des paroles dites par le héros du récit au Christ sont reprises par celui-ci et deviennent le texte même de sa sentence. Mais ces paroles ne sont pas les mêmes. Chez Matthieu Paris, Cartaphilus dit à Jésus : « Va, marche, » et Jésus lui répond : « Je vais, et tu attendras que je vienne. » L'homme de Mousket dit, bien plus innocemment, aux Juifs qui vont crucifier Jésus : « Attendez-moi, » et Jésus lui dit : « C'est toi qui m'attendras. » La seconde version paraît altérée ; pourquoi cette curiosité aurait-elle été seule punie, et non l'inhumanité des Juifs ? Les deux versions ont en commun, dans les paroles de Jésus, le mot : « Tu m'attendras, » et c'est sur cette attente que porte tout le récit. Au reste, Cartaphilus (que Mousket ne nomme pas) n'est pas Juif ; en sa qualité d'employé de Pilate, il faut bien plutôt le considérer comme un Romain. Son nom est bizarre. On en a proposé (Schœbel, p. 24) une explication fort ingénieuse : κάρτα φίλος signifie en grec « très cher, bien-aimé, » et sous ce nom il faudrait simplement reconnaître le disciple « que Jésus aimait. » De lui, en effet, Jésus dit à Pierre, dans l'évangile même attribué à ce disciple (Jean XXI, 22) : « Si je veux qu'il reste jusqu'à ce que je vienne, que t'importe ? Sur quoi il se répandit parmi les disciples un bruit, que ce disciple ne mourrait pas. » Il est difficile de méconnaître un lien entre ces paroles du Christ et celles qu'il adresse à Cartaphilus : « Tu attendras jusqu'à ce que je vienne. » Mais quel est ce lien ? Une autre parole de Jésus, recueillie dans les trois évangiles synoptiques avec de minimes différences, dut aussi frapper l'imagination : « Je vous le dis en vérité, il y en a, parmi ceux qui sont ici devant moi, qui ne goûteront pas la mort avant d'avoir vu le Fils de l'homme venir dans sa royauté » (Matth. XVI, 28), ou « d'avoir vu la royauté de Dieu » (Luc IX, 27), ou « d'avoir vu la royauté de Dieu venue dans sa puissance » (Marc IX, 1). Quand les faits eurent démenti le sens le plus naturel de ces paroles, la croyance populaire dut chercher à les justifier néanmoins : on supposa que certains témoins de la vie du Christ avaient été miraculeusement soustraits à la mort. On put regarder cette destinée soit comme une récompense, soit comme un châtiment, et de là vient qu'on l'attribua soit au disciple bien-aimé, à qui elle semblait d'ailleurs clairement prédite, soit au contraire à un homme coupable d'une offense particulière envers le Christ. Les récits relatifs à l'immortalité de saint Jean sont connus. En l'an 16 de l'hégire, le chef arabe Fadilah rencontra un vieillard qui lui dit que par l'ordre de Jésus il restait en vie jusqu'à son avènement : il s'appelait Zerib, fils d'Elie (Græsse, p. 76). Entre la légende du disciple bien-aimé et l'histoire du châtiment de Malc, qui avait frappé le Sauveur, le bizarre récit de l'archevêque arménien sur Cartaphilus semble une transition ou plutôt un compromis : ce qui relie clairement Cartaphilus à Malc, c'est la mention du coup qu'il donna à Jésus ; d'autre part son nom, la sainteté et la douceur de son existence l'en séparent nettement. Peut-être faut-il encore compter, parmi les personnages qui ont concouru à la formation du type de Cartaphilus-Joseph, Joseph d'Arimathie, maintenu miraculeusement en vie, d'après une légende ancienne, dans la prison où l'avaient jeté les Juifs. — Au reste, il est malaisé de faire la part de la tradition et de l'invention dans le récit de l'archevêque arménien. Ajoutons qu'il fut transmis par interprète, et peut-être le truchement de l'archevêque, le chevalier d'Antioche qui rapportait ses paroles en français (*lingua gallicana*), s'est-il amusé de la crédulité de ses auditeurs. Il est curieux que Matthieu Paris parle de la légende comme si, avant l'arrivée de l'archevêque, on l'eût déjà connue en Angleterre : « On l'interrogea, dit-il, sur ce Joseph dont le nom revient si souvent dans l'entretien des hommes... » Mais ce n'est sans doute là qu'une prétention du moine anglais, pour ne pas paraître avoir ignoré une chose si merveilleuse. Il est certain qu'avant lui il n'est fait nulle part mention de ce personnage et de son histoire. Ce qui donne lieu de soupçonner la sincérité de l'archevêque arménien, c'est que ni en Arménie ni dans aucune autre partie de l'Orient chrétien, on ne rencontre, que nous sachions, la moindre trace de la légende qu'il débitait avec tant d'assurance, à moins qu'on ne regarde l'histoire, citée plus haut, du Joseph gardé dans une crypte à Jérusalem comme étant réellement orientale ; mais comment n'en trouverait-on aucune mention plus ancienne ? En Occident même, elle ne sortit pas des livres du chroniqueur anglais et du rimeur wallon, et pendant des siècles on n'en rencontre plus aucune mention. Les mystères du moyen âge, qui on mis en scène, avec tous les détails du récit évangélique de la passion, les légendes qui s'étaient groupées alentour, ignorent complètement celle de Cartaphilus ; elle est également absente des compilations mêlées d'histoire et de fable, notamment de l'immense ouvrage de Jean d'Outremeuse, où ont trouvé place presque tous les contes de ce genre connus du moyen âge. Ni les prédicateurs ni les poètes n'y font la moindre allusion ; les artistes ne l'emploient pas dans leurs compositions peintes ou taillées. Il faut arriver au commencement du dix-septième siècle pour voir reparaître une histoire analogue ; mais, cette fois, reproduite dès son début avec prédilection par l'imprimerie et l'imagerie populaires, elle eut tout de suite une vogue qui n'a pas encore pris fin.

La bibliographie des plus anciennes éditions de la *Relation merveilleuse d'un Juif appelé Ahasvérus* a été dressée par Græsse (p. 101 ss.) avec un désordre qui fait naître de grands soupçons d'inexactitude. L'édition qu'il place en tête est de Leipzig, 1602, in-4° ; mais elle porte sur le titre : *Neulich gedruckt zu Leyden.* Græsse cite avec doute une édition de Leide, 1602, qui pourrait donc être la première, mais il en mentionne sans réserve dubitative une de Bautzen, 1601 ; il en signale plusieurs autres de 1602 et 1604. Personne n'a contrôlé ces indications confuses. Græsse emprunte d'ailleurs le texte de la lettre qui est la partie essentielle de ce livret à une édition où l'auteur de cette lettre signe Chrysostomus Dudulæus et date de « Refel (Reval), le 1er août 1613, » tandis que dans la bibliographie il ne fait apparaître ce nom qu'en 1619, et que d'autres en reculent la première apparition jusqu'en 1635. Il a dû d'ailleurs exister de cette lettre des éditions isolées. Quoi qu'il en soit, toutes celles que nous avons se ressemblent par le fond, qui est en abrégé le suivant : « Paul d'Eitzen, docteur de la sainte Écriture et évêque à Schleswig, a raconté à plusieurs personnes que dans sa jeunesse, après avoir étudié à Wittenberg, étant retourné en 1547 chez ses parents à Hambourg, le dimanche suivant, à l'église, pendant le sermon, il remarqua un homme d'une haute taille, aux cheveux longs tombant sur les épaules, debout, pieds nus, en face de la chaire, qui écoutait le prédicateur avec grand recueillement; et chaque fois que le nom de Jésus était prononcé, il s'inclinait très bas avec grande humilité, frappait sa poitrine et soupirait. Il n'avait pas d'autre vêtement, dans cet hiver très dur, que des chausses tout à fait déchirées au bas, un pourpoint serré par une ceinture et tombant jusqu'aux pieds; il semblait avoir cinquante ans. Plusieurs personnes qui étaient là se sont rappelé avoir vu cet homme en Angleterre, France, Italie, Hongrie, Perse, Espagne, Pologne, Moscovie, Livonie, Suède, Danemark, Ecosse et en divers autres lieux... Paul d'Eitzen l'ayant trouvé après le prêche, lui demanda qui il était et depuis quand il était dans cette ville. A quoi il répondit très modestement et dit qu'il était Juif de naissance, qu'il s'appelait de son nom Ahasvérus, qu'il était cordonnier de son métier, qu'il avait assisté de sa personne au crucifiement et à la mort du Christ, que depuis lors il était resté en vie et qu'il avait parcouru bien des contrées; à l'appui de quoi il raconta beaucoup de circonstances de la passion du Seigneur. A de nouvelles demandes il répondit qu'au temps de la passion il était établi à Jérusalem, et que, tenant avec les autres Juifs le Seigneur Christ pour un hérétique et un séducteur du peuple, il avait fait son possible pour qu'il fût exterminé. Quand Pilate eut prononcé la sentence, sachant que le condamné devait passer devant sa maison, il courut en hâte chez lui, dit à ses gens de venir voir, et, prenant son petit enfant dans ses bras, vint se placer devant sa porte. Quand Christ, portant sa lourde croix, arriva là, il s'appuya pour se reposer à la maison du cordonnier et s'y arrêta quelque peu, mais lui, par colère et mauvais vouloir et pour s'en faire gloire auprès des autres Juifs, chassa le Seigneur Christ et lui dit de s'en aller où il devait aller, sur quoi Jésus le regarda fixement et lui adressa ces paroles : Je m'arrêterai et me reposerai, mais toi tu marcheras jusqu'au jugement dernier. Aussitôt il mit son enfant à terre et ne put rester là plus longtemps. Il suivit Christ et vit toute sa passion. Ensuite il lui fut impossible de retourner à Jérusalem, il se mit à parcourir le monde, et ne revint qu'après beaucoup d'années dans sa ville natale, où il trouva tout détruit et ravagé... Quant aux intentions de Dieu en le laissant ainsi misérable dans ce monde, il n'en peut croire autre chose, sinon que Dieu veut peut-être garder jusqu'au jugement dernier un témoin vivant contre les Juifs et les incrédules... Pour lui, il accepterait volontiers que Dieu du ciel le retirât de cette vallée de misère. Il fut ensuite interrogé par des personnes savantes, qu'il remplit d'admiration par les réponses aux questions qu'on lui fit sur ce qui s'était passé dans le pays de l'Orient après la crucifixion du Seigneur... Quant à sa manière de vivre, il se tient très tranquille et réservé, il ne parle guère que pour répondre aux questions qu'on lui fait; quand on l'invitait à dîner, il mangeait peu et sobrement; il est toujours pressé, ne reste jamais longtemps au même endroit; à Hambourg, Dantzig et ailleurs on lui a offert de l'argent, mais il ne prenait guère plus de deux escalins, et il les distribuait aussitôt aux pauvres, disant qu'il n'avait besoin de rien, que Dieu pourvoyait à ses besoins, car il s'était repenti de son péché, et Dieu lui pardonnerait ce qu'il avait fait par ignorance. Pendant tout le temps qu'il a passé à Hambourg et à Dantzig on ne l'a jamais vu rire. En tout pays où il est venu, il en parlait le langage. De beaucoup d'endroits, proches ou lointains, les gens sont venus à Hambourg ou Dantzig pour le voir. Il ne pouvait entendre blasphémer ou jurer par la passion de Dieu, il s'indignait alors amèrement. » Cette lettre, s'il faut en croire certaines indications, date de 1564 ; mais nous ne voyons nulle part aucune raison de croire qu'elle ait été publiée avant le commencement du dix-septième siècle. Elle paraît être anonyme dans les premières éditions du livret où elle est insérée ; plus tard elle est signée d'un certain « Chrysostomus Dudulæus, Westphalus, » parfaitement inconnu. Paul d'Eitzen, qui doit à cette lettre une célébrité que ne lui aurait pas assurée la part qu'il prit aux luttes religieuses de son temps, était un fervent disciple de la Réforme. Après avoir passé son doctorat à Wittenberg en 1546 sous les auspices de Mélanchthon, il devint en 1562 prédicateur (et évêque?) à Schleswig, donna sa démission en 1593 et mourut le 25 février 1598 (Græsse, p. 100). Le récit qu'on met dans sa bouche n'a dû paraître qu'après sa mort, et c'est bien à tort sans doute qu'on a invoqué, pour attester la réalité de ce récit, l'autorité de son nom, alléguée par un audacieux nouvelliste. La *Newe Zeitung von einem Juden von Jerusalem* n'est en effet qu'un de ces « canards » si fréquents à la fin du seizième et au commencement du dix-septième siècle, qui, conçus le plus souvent ainsi sous forme de lettres, exploitaient la curiosité publique en répandant le récit d'aventures extraordinaires, de prodiges, de crimes singuliers, d'apparitions, de voyages imaginaires, etc. L'auteur de celui qui nous occupe a eu entre tous un merveilleux succès ; il a véritablement créé une légende qui est devenue tout à fait populaire dans divers pays. Quand nous disons « créé, » il faut s'entendre : il n'en a pas inventé le fond, mais il l'a très arbitrairement transformé. « Il fallait, dit Magnin (*Causeries et méditations*, I, 104), que cette légende singulière eût jeté de bien profondes racines au moyen âge pour avoir ainsi survécu en Allemagne à la réforme de Luther. » Cette opinion est tout à fait erronée. Le même critique pense que Matthieu Paris n'a rapporté la légende contée par l'évêque arménien que « parce qu'elle différait du récit reçu dans les contrées soumises à l'Eglise latine. » M. Paul Lacroix, de son côté (Nisard, *Histoire des livres populaires*, 2e éd., I, 477), prétend que, « avant le huitième siècle, on ne mettait pas en doute cette légende dans toute la chrétienté; elle se rattachait aux traditions de l'an mil, etc. » Ce sont là des assertions sans le moindre fondement. Il n'y a aucune trace de la légende, nous l'avons déjà dit, ni en Orient ni en Occident, avant Philippe Mousket et Matthieu Paris; il n'y en a aucune mention entre Matthieu Paris et l'auteur de la lettre résumée ci-dessus. Cet auteur était visiblement protestant, et toute sa mise en scène est protestante. Il s'appuie sur un des docteurs de l'église luthérienne ; il appelle toujours le Seigneur Christ et non Jésus-Christ; il fait assister son héros au prêche dans l'église luthérienne à Hambourg; enfin, ce qui est décisif, il lui donne le nom d'Ahasvérus, qui appartient exclusivement aux bibles protestantes, la Vulgate et les traductions catholiques donnant Assuérus. Il n'est même pas impossible que le désir d'opposer à la « tradition » dont se vantaient les catholiques un témoignage bien plus authentique, celui d'un contemporain même du Christ, ait été l'un des motifs de la composition de ce récit. Un autre a certainement été de convaincre les Juifs, très nombreux alors dans le nord de l'Allemagne, par la déclaration d'un des leurs. Le nouvelliste réussit au moins à fournir contre eux un nouveau prétexte de vexations. On lit dans la dissertation de Schulz, citée plus loin, que plus d'une fois en Allemagne la populace chrétienne envahit le quartier des Juifs, prétendant qu'ils recélaient Ahasvérus, qu'on avait vu pénétrer chez eux. D'autre part les Juifs se moquaient des chrétiens qui croyaient à une pareille fable, et des apologistes sérieux regrettaient qu'on essayât de convaincre les Israélites avec de tels arguments (Droscher, §8). Toutefois le motif principal de notre auteur a été tout simplement de mystifier ses contemporains et sans doute aussi de gagner quelque argent.

Il ne nous paraît pas douteux qu'il ait emprunté le fond de son histoire à Matthieu Paris. L'*Historia major* de cet auteur, publiée à Londres en 1571 et réimprimée à Zurich en 1586, avait eu dès l'abord un grand succès, surtout parmi les protestants, à cause de l'esprit qui y règne, constamment hostile à la cour de Rome. C'est là que l'auteur de notre *Relation* a trouvé la matière qu'il a arrangée à sa guise. Entre son récit et celui du moine anglais il subsiste des coïncidences tellement frappantes qu'elles ne peuvent être l'effet du hasard ou le produit d'une tradition vraiment populaire. Ainsi Cartaphilus est représenté comme « ayant des paroles rares et circonspectes, répondant aux questions qu'on lui pose, » Ahasvérus « est tranquille et réservé, il ne parle que pour répondre aux questions qu'on lui fait; » — Cartaphilus « se contente d'un vêtement et d'une nourriture simple, » Ahasvérus « mange peu et sobrement; » — Cartaphilus « refuse tous les présents qu'on lui offre, » Ahasvérus « ne prend pas plus de deux escalins et les distribue aux pauvres; » — Cartaphilus « espère son salut parce qu'il a péché par ignorance, » Ahasvérus « pense que Dieu lui a pardonné ce qu'il a fait par ignorance; » — Cartaphilus est conservé « comme argument pour notre foi, » Ahasvérus dit que « Dieu a voulu le garder comme un témoin contre les Juifs. » Certaines indications ont été développées avec une exagération naturelle : ainsi Cartaphilus raconte les histoires antiques « sans risée : » quant à Ahasvérus, « on ne l'a jamais vu rire. » Voilà ce qui atteste la dépendance où le second récit est du premier, mais le nouvelliste allemand a pratiqué plusieurs changements à son modèle. Comme il voulait faire du Romain un Juif, il lui a donné un autre nom, tiré, assez mal à propos, de la Bible, où Ahasvérus est un nom perse, — une autre profession, car le portier de Pilate ne pouvait être Juif (mais pourquoi Ahasvérus est-il cordonnier?), — et par là même il a dû quelque peu modifier son crime. Il a supprimé le coup porté au Seigneur, reste de l'antique légende de Malc, et il a changé les paroles fatales du Christ. Au lieu de dire à l'inhumain : « Et toi, tu attendras que je vienne, » Jésus lui dit : « Je vais me reposer, et toi tu marcheras jusqu'à la fin du monde. » Ce changement a sans doute été suggéré à notre auteur par la donnée même qu'il voulait introduire dans son récit. Il prétendait faire croire que son héros avait été vu récemment en Allemagne, et signaler des lieux où on l'avait rencontré; il ne pouvait rendre cette histoire admissible qu'en ajoutant qu'il n'avait fait que passer dans chacun de ces lieux : il était donc indiqué de substituer à la vie paisible et retirée de Cartaphilus la vie agitée et vagabonde d'Ahasvérus. Remarquons d'ailleurs que cette circonstance, qui, en s'accentuant davantage, devait être la grande cause de la popularité de la légende, n'est pas encore très accusée dans ce premier récit : Ahasvérus est inquiet, pressé, mais non condamné à marcher toujours; il peut très bien s'entretenir longuement avec Paul d'Eitzen et autres, et s'asseoir à la table de ceux qui l'invitent; il paraît faire à Hambourg et à Dantzig un assez long séjour. Cartaphilus est baptisé; on ne nous dit pas expressément qu'Ahasvérus l'eût été; mais cette circonstance fut ajoutée, comme nous le verrons, dans les remaniements postérieurs. La crise séculaire de Cartaphilus est inconnue à Ahasvérus: en effet elle se concilierait mal avec ses perpétuels voyages. Un reste de l'ancien récit se retrouve dans ce fait qu'Ahasvérus sait à fond ce qui est arrivé depuis la passion en Orient : c'est qu'il avait habité l'Arménie sous le nom de Cartaphilus. — Enfin les derniers traits nouveaux imaginés par le copiste sont d'avoir doté le Juif d'une famille, de lui avoir fait parler toutes les langues (ce qui était indispensable à son nouveau genre de vie), et de lui avoir attribué cette horreur profonde pour les blasphémateurs, que l'auteur avait sans doute la louable intention de faire ainsi renoncer à leur mauvaise habitude.—Les modifications faites par Dudulæus, que ce nom soit réel ou fictif, au récit de Matthieu Paris, rendaient Ahasvérus si différent de Cartaphilus, au moins en apparence, que des « critiques » en firent expressément deux personnages : une brochure parue en 1645, sous le titre de *Relatio oder Kurtzer Bericht von zweien Zeugen der Leyden Jesu Christi*, s'efforce doctement de prouver qu'il existe encore dans le monde des vivants deux témoins de la passion, un Juif et un Romain. — L'opuscule dont nous avons rapporté le titre fait suivre, dans la reproduction qu'en a donnée Græsse, la lettre en question du récit d'autres apparitions du Juif en 1575, 1599 et 1601 ; mais elles ne sont mentionnées nulle part en dehors dudit opuscule. Il n'en est pas de même de celles qui en suivirent la publication et la diffusion, évidemment très considérables dès l'origine. Pendant tout le commencement du dix-septième siècle, on ne parle que du Juif immortel en Allemagne d'abord, puis en France, en Belgique, en Danemark, en Suède. L'opinion publique en fut émue. L'avocat parisien Bouthrays (Botereius), qui publiait en 1604 une histoire de son temps, parle au livre XI (t. II, p. 172) de ce Juif contemporain du Christ dont s'entretient toute l'Europe. Il craint, il est vrai, qu'on ne lui reproche de s'arrêter à des contes de vieille, mais il se justifie en disant : « Rien n'est plus répandu que ce récit, et notre histoire en langue vulgaire (*nostratium vernacula historia*) n'a pas rougi de le rapporter. J'ai donc les anciens auteurs de nos annales pour garants qu'on l'a vu, dans plus d'un siècle, en Espagne, en Italie, en Allemagne, et qu'en cette année (1602?) on l'a reconnu pour le même qui avait été vu à Hambourg en l'an 1564. Le vulgaire, prompt à forger des bruits, en raconte beaucoup de choses ; je n'en parle que pour ne rien omettre. » Les témoignages écrits allégués par Bouthrays sont sans doute purement imaginaires; la date de 1564 est celle de la prétendue lettre de l'ami de Paul d'Eitzen. Cependant par *historia vernacula* il entend peut-être le livret traduit de l'allemand, qui aurait alors été imprimé avant 1604, tandis qu'on attribue d'ordinaire la première édition à 1609. M. de Douhet cite une édition faite à Turin à la fin du seizième siècle, d'autres de Leide et de Bruges, vers 1600, mais ce sont des assertions sans preuves. Un contemporain de Bouthrays, Boulenger, en rapportant ce passage, déclare qu'il n'y ajoute nullement foi (Græsse, p. 126). Un autre historien un peu postérieur, Louvet, aurait pu nous donner sur le fameux Juif des renseignements bien plus précis. « Plusieurs personnes, dit-il, le virent avec l'autheur, au mois d'octobre (1604), en la ville de Beauvais, lequel un jour de dimanche, à l'issue de la messe parochiale de l'église de Nostre-Dame de la Basse-Œuvre, estoit auprès des tours de l'evesché environné de plusieurs petits enfants, auxquels il faisoit des remonstrances, parlant de la Passion de Nostre Seigneur. L'on disoit bien que c'estoit le Juif errant, mais neantmoins on ne s'arrestoit pas beaucoup à luy tant parce qu'il estoit simplement vestu qu'à cause qu'on l'estimoit un compteur de fables, n'estant pas croyable qu'il fust au monde depuis ce temps-là. L'autheur eust fort desiré de discourir avec luy, et l'eust volontiers interrogé ; mais le peu d'estime qu'on faisoit de luy luy fit perdre l'occasion de parler à luy, dont peu après il eust un grand regret. Il ne laissa neantmoins de parler à plusieurs hommes et femmes de ceste ville de Beauvais, lesquels adjoustèrent aucunement foy à ce qu'il leur faisoit entendre. Il demanda l'aumône en la maison de M. Raoul Adrian, advocat, qui luy fut donnée par sa femme (Schœbel, p. 42). » Le Juif errant passe pour avoir souvent apparu depuis lors, notamment en Allemagne et en Bretagne. En Angleterre, c'est le vieux Cartaphilus qui reparut à la fin du dix-septième siècle, et qui, s'il faut en croire une lettre de la duchesse de Mazarin, citée par dom Calmet (*Dict. de la Bible*, II, 472), fit beaucoup de dupes et provoqua beaucoup de discussions parmi les savants et les gens du monde : celui qui jouait son rôle avait lu Mathieu Paris. Mais partout ailleurs, c'est le nouveau type, le vrai Juif errant, l'éternel marcheur, qui passe sans s'arrêter devant les peuples ébahis. La plus célèbre de ces apparitions fut celle qui échut en 1640 à deux bourgeois de Bruxelles et qui est devenue la base de la complainte dont nous dirons un mot tout à l'heure. Une autre complainte avait été imprimée en français dès 1609, à Bordeaux, avec un petit livre traduit du *Volksbuch* allemand. Cette complainte (reproduite dans Schœbel, p. 20) n'offre rien de remarquable : elle est directement inspirée du récit attribué à Paul d'Eitzen ; elle fait seulement rencontrer le Juif « en la rase campagne, » par « deux gentilshommes au pays de Champagne, » auxquels il raconte son aventure. On chante encore en Velay une autre chanson, qui remonte, d'après l'éditeur, au dix-septième siècle (*Romania*, VI, 578). Le livret lui-même, tel qu'il est encore aujourd'hui imprimé en France et sans doute en Allemagne, ne contient pas seulement la relation de l'ami de Paul d'Eitzen. Il y joint une fantastique histoire du Juif errant, où sont intercalées les légendes de l'arbre de la Croix, de Judas, de la Véronique, de Longin, etc., de manière à former comme un petit cycle apocryphe de la Passion. Ahasvérus s'y donne comme étant fils d'un charpentier, de la tribu de Nephthali, et comme ayant assisté à plusieurs scènes antérieures de la vie du Christ. En outre, il raconte ses voyages autour du monde et en profite pour donner sur tous les pays possibles et impossibles des renseignements qui, réunis, forment la plus étrange ethnographie qu'on puisse imaginer. Les bibliographes qui se sont occupés du Juif errant ont tous négligé de nous dire si ces additions se trouvent déjà dans les premières éditions du livre populaire, et ces premières éditions sont introuvables à Paris. — Ce n'est pas seulement en France que le *Volksbuch* allemand fut traduit : il passa en hollandais, en danois et en suédois. En anglais, il ne paraît pas avoir été traduit, mais il a fourni le sujet d'une ballade, d'ailleurs assez peu populaire, qui est comprise dans le recueil de Percy. Des chants du même genre existent en diverses langues du Nord ; le plus célèbre est la complainte française. Cette complainte, écrite avec une trivialité et une platitude souvent comiques, mais qui ne manque pas de naïveté et même à quelques endroits d'un certain charme pénétrant, paraît avoir été composée en Belgique. Elle met en scène les deux bourgeois « de Bruxelles en Brabant, » dont la rencontre avec le Juif, en 1640, avait laissé un souvenir dans le pays (au reste, Wolf, qui rapporte cette rencontre au n°534 de ses *Niederländische Sagen*, ne dit pas où il a pris cette date) ; et elle lui donne le nom d'Isaac Laquedem, que nous retrouvons dans une complainte en flamand, publiée par Coussemaker dans les *Chants populaires des Flamands de France* (elle ne diffère de la nôtre qu'en ce que le Juif rencontre un seul bourgeois et que la scène est à Dunkerque), et qui paraît propre aux Pays-Bas. On a reconnu dans *Laquedem* le mot hébreu *kedem*, qui signifie à la fois « origine » et « orient, » avec la préposition *la*, qui indique la direction, l'appartenance (Græsse, p. 127 ; Schœbel, p. 44) ; le nom a dû être fabriqué par quelqu'un qui avait une teinture d'hébreu. On attribue généralement cette complainte à l'an 1774 ; nous ne voyons pas pourquoi : le style nous en semble plus moderne, et elle est d'ailleurs rigoureusement datée ; Isaac, interrogé sur son âge, répond :

J'ai bien dix-huit cents ans ....
Je passe encor douze ans ;
J'avais douze ans passés
Quand Jésus-Christ est né.

A moins qu'on ne trouve à ces vers des variantes plus anciennes, il faut admettre que la complainte a été composée en l'an 1800. Nous remarquons dans cette rapsodie deux traits qui font aujourd'hui partie inhérente de la figure du Juif errant, et qui, si nous ne nous trompons, sont déjà dans le *Volksbuch*, l'un qu'il marche toujours, l'autre qu'il a dans sa poche cinq sous, qui se renouvellent à mesure qu'il les dépense. Le premier n'était qu'indiqué, comme nous l'avons vu, dans le récit attribué à Paul d'Eitzen ; il était naturel qu'il fût exagéré par la suite : c'est ainsi que dans un passage que fit Ahasvérus à Naumburg, au dix-septième siècle, il ne pouvait ni s'asseoir ni même rester en place, il ne mangeait, ne buvait ni ne dormait. Quant aux merveilleux cinq sous, ils paraissent provenir des deux *escalins* (dans d'autres versions c'est un *gros*) que consent seulement à recevoir Ahasvérus dans le récit de Dudulæus. Ici l'imagination populaire a heureusement modifié le modèle, et a créé un trait vraiment fantastique et curieux. Au reste, on a remarqué avec raison que les Grecs avaient un conte analogue : le magicien Pasès (voyez Suidas) avait une demi-obole qui, quand il l'avait dépensée, revenait entre ses mains, et on disait τὸ Πάσητος ἡμιωβέλιον, comme nous disons « les cinq sous du Juif errant. »

Ahasvérus et Isaac Laquedem ne sont pas les seuls noms du Juif errant. D'après Schultz (§ IX), copié par Græsse (p. 127) là et ailleurs, Bouthrays appellerait notre héros *Gregorius;* mais Schultz (ou celui qu'il copiait lui-même) avait mal lu l'historien français, qui dit que Jésus s'arrêta *ante tabernam gregorii illius* (*nam is cerdo fuisse dicitur*). Un chimiste allemand, Libavius, qui écrivait au commencement du dix-septième siècle, lors de la grande vogue du personnage, révoquant en doute l'immortalité attribuée à Paracelse par ses adeptes, dit qu'il croirait plus volontiers à celle du Juif Ahasvérus. Il déclare ensuite que cette dernière n'est pourtant guère assurée, car les témoignages qu'on a sur le Juif se contredisent, entre autres « *alius ipsum appellat Buttadæum, alius aliter* (*Praxis Alchymiæ*, Francf., MDCIV, p. 637). » Ce nom se retrouve ailleurs. Dans un livret populaire allemand dont il parut en 1640 une édition citée à cette date par un contemporain, mais qui était sans doute bien antérieur, on racontait qu'Ahasvérus « frappa le Christ avec la forme d'un soulier. » On ajoutait qu'il « embrassa le christianisme et fut nommé au baptême Buttadæus » (Droscher, § 8). Ces deux traits semblent indiquer un récit où on aurait rapproché, et par le coup porté au Seigneur et par le baptême, Ahasvérus de Cartaphilus. Ce livret, sur lequel nous n'avons trouvé que le témoignage de Droscher, a dû non seulement être répandu en allemand, mais être, comme le livret ordinaire, dont il n'était qu'une variante, l'objet de plus d'une traduction. Le Juif errant est extrêmement populaire en Bretagne : tout le monde y sait par cœur le *gwerz* qui lui est consacré et qu'a traduit M. Luzel (voyez Champfleury, p. 82). Ce *gwerz*, où ont été introduits quelques traits d'un intérêt spécialement breton, est pour le fond évidemment issu du livre populaire français, traduit lui-même de l'allemand : il lui a emprunté son étrange géographie et ses descriptions de mœurs barbares. Or ce *gwerz*, comme toute la tradition populaire bretonne, appelle le Juif *Boudedeo*, légère altération de Buttadæus : ce nom a donc dû jadis se trouver dans les livrets populaires. Il paraît aussi s'être conservé chez les Saxons de Transylvanie, sous la forme *Bedeus* (Schœbel, p. 68). Mais d'où vient-il lui-même? On en a donné une fantastique interprétation (poisson-Dieu, Schöbel, p. 67), que rien ne justifie. On serait tenté d'y voir un composé de « bouter » et de Dieu, et le nom signifierait « celui qui frappe, qui pousse Dieu; »

le breton *Boudedeo* semblerait venir d'un italien *Buttadio*. Mais le nom n'est pas italien; l'Italie ne connaît pas le Juif errant. En France il vient de l'Allemagne, et c'est là aussi que ce nom singulier apparaît d'abord. Libavius et Droscher, ses deux seuls garants anciens, l'écrivent Buttadæus, ce qui semble indiquer une parenté quelconque avec Thaddæus (Græsse, p. 127). C'est sans doute un nom plus ou moins gauchement forgé dans une vague idée d'imitation hébraïque. Pourtant il est bizarre qu'il ne soit donné à Ahasvérus qu'après son baptême (ce qui paraît d'alleurs absolument exclure l'explication *boute-Dieu*).

Au livret populaire et à la complainte s'est jointe, pour entretenir la célébrité du Juif errant, l'imagerie populaire. Elle s'est exercée sur ce thème dans plusieurs pays, mais elle n'a rien créé de remarquable ou de nouveau. M. Champfleury (*Histoire de l'imagerie populaire*, 1869) a reproduit plusieurs des images du Juif errant; il s'en vend encore par milliers en France tous les ans; elles sont accompagnées de la complainte et souvent d'une notice à grandes prétentions érudites et sceptiques (reproduite dans le *Dictionnaire des légendes*) qui a sans doute été jointe à ces documents par ordre supérieur, afin d'éclairer les acheteurs trop crédules. Cette notice dit que « d'autres traditions appellent le Juif errant *Richab-Ader*. » Ces traditions nous sont inconnues.

Il est dans la nature de la tradition populaire de substituer aux anciens noms les noms plus nouvellement célèbres et de confondre ce qui a quelque analogie. Le Juif errant, marcheur éternel, a pris la place d'autres personnages qui, profondément différents à l'origine, étaient comme lui toujours en mouvement. C'est ainsi qu'en Picardie, en Bretagne, ailleurs encore sans doute, on dit, quand un coup de vent subit et violent rase le sol en soulevant des tourbillons de poussière : « C'est le Juif errant qui passe! » Il prête ici son nom au chasseur éternel, ancien dieu germanique ou celtique, remplacé ailleurs par d'autres personnages plus ou moins modernes comme Hérode, le roi Hugon, Théodoric, Arthur, etc. Il faut se garder d'admettre pour cela un lien quelconque entre ces légendes, et notamment de faire du Juif errant un personnage mythique et « orageux. » Il n'y a pas non plus à attacher d'importance à diverses traditions allemandes où figure notre héros, et où, grâce à la popularité de son nom, il a pris la place d'êtres surnaturels avec lesquels il n'a rien à faire (voyez Simrock, *Deutsche Mythologie*, etc.). L'explication mythologique n'est pas la seule qu'on ait essayé de donner de la légende du Juif errant. On y a reconnu l'emblème de l'humanité, marchant toujours jusqu'à la fin du monde; on s'est surtout cru fondé à y voir l'image du peuple juif, chassé de ses foyers pour avoir méconnu le Christ, errant depuis lors par le monde, et conservant toujours, malgré toutes les persécutions, sa bourse suffisamment garnie. On y a découvert un symbolisme plus transcendant encore : le Juif errant absorbe en lui Caïn, Wodan, Rudra, Xerxès, Jésus même et bien d'autres, et sa légende, « c'est l'évolution de la guerre, l'état originel de l'humanité, aboutissant à la paix, qui est son état typique » (Schœbel, p. 82). Nous croyons avoir suffisamment réfuté ces imaginations en suivant d'aussi près que nous l'avons pu la genèse et les phases diverses de cette légende, infidèle de bonne heure à ses origines populaires et soumise aux remaniements des lettrés. Née vraisemblablement d'un récit apocryphe relatif à Malc, altérée plus ou moins sciemment par l'archevêque arménien du treizième siècle, complètement refondue par le nouvelliste allemand du dix-septième, elle se compose d'un élément traditionnel assez antique et des embellissements qu'a accumulés l'imagination une fois éveillée sur ce sujet. L'inspiration en est d'ailleurs peu conforme à l'esprit d'autres légendes formées autour du récit de la Passion. Pourquoi Jésus, « tout débonnaire, » qui ne punit la haine de l'aveugle Longin qu'en lui donnant à la fois la lumière des yeux et celle de l'âme, aurait-il si sévèrement châtié un autre de ceux auxquels il priait son Père de pardonner, « parce qu'ils ne savaient ce qu'ils faisaient ? » Le châtiment de Malc paraît, il est vrai, justifié par son ingratitude, mais ce trait a précisément disparu des formes postérieures du récit. En revanche, ce récit a été influencé par les vagues traditions relatives à un « témoin » qui devait subsister parmi les hommes jusqu'à l'avènement du « règne de Dieu. » C'est aussi comme « argument pour notre foi, » comme « témoignage contre les incrédules, » que le conte de Cartaphilus et plus tard d'Ahasvérus a été surtout avidement accueilli. — En dehors de l'élément religieux, ce qui, dans ce conte, devait frapper vivement l'imagination, c'est l'idée d'un homme restant immortel à travers les générations qui meurent incessamment, mêlé d'ailleurs aux autres hommes et parcourant sans cesse leur séjour. Il y a là certainement une donnée poétique, mais beaucoup moins féconde qu'elle ne le semble au premier abord. Tous les poètes et romanciers, en France, en Allemagne, en Angleterre, qui ont essayé de la développer, ont échoué et devaient échouer. Une épopée du Juif errant ne sera jamais qu'une série de tableaux historiques, auxquels manquera un lien réel. L'élément vraiment poétique du sujet, l'impossibilité pour un homme qui serait immortel de goûter les joies de la vie mortelle, est gâté ici par le fait même que l'immortalité, au lieu d'être un don imprudemment souhaité, est dès l'abord, pour le héros, un châtiment, et que, d'ailleurs, toujours accablé sous le souvenir de sa faute, il est dans un rapport indissoluble avec celui qu'il a offensé, qui le punit, et dont il attend le retour. La réconciliation d'Ahasvérus avec le Christ, la mort du Juif errant, idée précisément opposée à celle de la légende, est peut-être ce qu'elle pouvait offrir de plus sympathique, surtout à notre époque, et un poète français, M. Ed. Grenier, l'a traitée avec talent. Gœthe avait voulu faire un *Ahasvérus*, et il avait conçu le sujet avec une originalité profonde, en donnant au cordonnier de Jérusalem un caractère très particulier, mélange de bon sens, d'étroitesse d'esprit et d'ironie, qui lui aurait permis d'avoir une attitude personnelle en face de l'humanité qui s'écoule devant lui. Toutefois, après avoir esquissé son poème jusqu'à la mort du Christ, il s'aperçut que l'apparente richesse de ce sujet n'était que décevante, et il y renonça, fort heureusement, pour s'attacher à la légende de Faust, bien autrement humaine et féconde. Un critique allemand, M. F. Helbig, a écrit une étude spéciale sur tous les poètes de son pays qui se sont essayés à mettre en scène le Juif éternel (Berlin, 1874) : ce n'est qu'un magasin de curiosités.

L'étude critique de la légende a été faite à plusieurs reprises au dix-septième siècle par des théologiens allemands, qui ont recherché gravement s'il y avait eu un Juif errant, ou deux, et qui ont fini par établir d'une façon très solide qu'il n'avait jamais existé *in rerum natura*. Nous avons pu consulter à la Bibliothèque nationale les dissertations de Droscher, *De duobus testibus vivis passionis dominicæ* (Jena, 1668), et de Schultz, *De Judæo immortali* (Königsberg, 1689). Ces travaux et d'autres, cités par Græsse, ont servi de base à son livre, *Die Sage vom ewigen Juden* (1re éd., Stuttgart, 1845, 2e éd., 1861), copié ou traduit à son tour par tous ceux qui l'ont suivi (notamment par l'auteur de l'article *Juif Errant* dans le *Dictionnaire des légendes* de l'*Encyclopédie Migne*). Tout récemment, M. Schœbel (*La légende du Juif Errant*, Paris, 1877), en suivant aussi, quoiqu'il ne le cite pas, le livre de Græsse, a complété ou vérifié sur plusieurs points ses indications, et y a joint des vues fort ingénieuses, bien que très aventurées. Nous avons profité de ces ouvrages, en les citant quand il y avait lieu. Il reste à faire un travail de bibliographie critique sur le rapport des différents livres issus de la fameuse lettre datée de 1564, sur les plus anciennes éditions de cette lettre, sur les amplifications que reçut le livret populaire, sur les diverses traductions, sur la première apparition de la complainte française, etc. Ce travail ne pouvait être entrepris ici, où il n'aurait pas été à sa place; on ne peut d'ailleurs en réunir les éléments qu'avec beaucoup de temps et en les cherchant dans des bibliothèques fort diverses. Nous espérons au moins avoir éclairci plus d'un point resté obscur et indiqué la direction des recherches à faire. Nous répéterons en terminant que la légende d'Ahasvérus, qui a pris sa forme dans un milieu allemand et protestant, paraît tout à fait inconnue en Espagne, en Italie et dans l'Europe orientale.

IMPRIMERIE D. BARDIN, A SAINT-GERMAIN

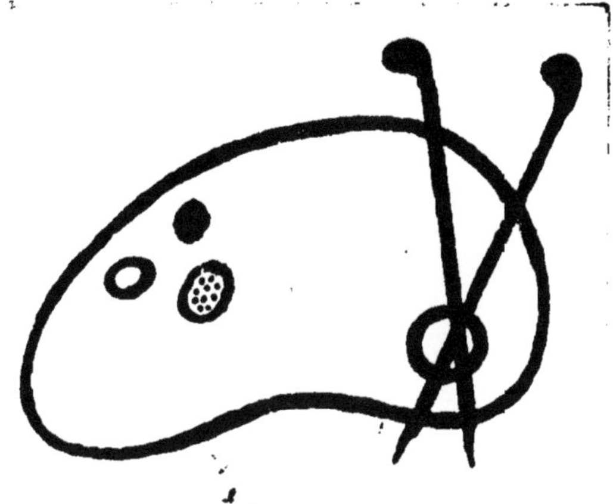

www.ingramcontent.com/pod-product-compliance
Ingram Content Group UK Ltd.
Pitfield, Milton Keynes, MK11 3LW, UK
UKHW012311240726
13966UKWH00005B/1802

9 782012 784048